AF357401

CATALOGUE
D'ESTAMPES
ANCIENNES

PORTRAITS

De Louis XVI, Marie-Antoinette, Personnages & Faits historiques,
Caricatures et Satires du temps

LIVRES A FIGURES ET SUR LES ARTS

QUELQUES DESSINS

Appartenant à M. D...

DONT LA VENTE AURA LIEU

HOTEL DES COMMISSAIRES-PRISEURS

RUE DROUOT, 5

SALLE Nº 3, AU PREMIER ÉTAGE

Le Vendredi 10 Mai 1861

A 1 HEURE

Mᵉ **DELBERGUE-CORMONT**, Commissaire-Priseur,
rue de Provence, 8 ;

Assisté de **M. VIGNÈRES**, Marchand d'Estampes,
rue de la Monnaie, 13, à l'entresol, entrée rue Baillet, 1 ;
Chez lequel se distribue le Catalogue.

EXPOSITION PUBLIQUE

Le Jeudi, 9 Mai 1861, de une heure à quatre heures.

PARIS
RENOU ET MAULDE
IMPRIMEURS DE LA COMPAGNIE DES COMMISSAIRES-PRISEURS
rue de Rivoli, 144.

1861

CONDITIONS DE LA VENTE

L'ordre du Catalogue sera suivi.

Cette Collection est composee d'Estampes acquises aux Ventes du baron **DE VEZE**, **TEALDO**, **LATER-RADE** & Autres.

La vente sera faite au comptant.

CINQ POUR CENT en plus des enchères, applicables aux frais.

Les lots ne formant pas suite complète pourront être divisés.

M. VIGNÈRES, faisant la vente, se charge des commissions.

NOTA. Toute commission sans prix fixé ou sans limite déterminée sera regardée comme nulle.

M. VIGNÈRES se charge de faire marquer les prix aux Catalogues des ventes qu'il a faites. Les personnes qui le désirent peuvent s'adresser à lui *franco*.

Plusieurs amateurs éloignés en ont reconnu l'utilité pour les guider dans leurs achats sur les valeurs des Estampes.

ESTAMPES ANCIENNES.

DIFFÉRENTS MAITRES.

1 **Aveline**. Grande vue du Château de Fontainebleau. — Plan de Fontainebleau, par C. Inselin et
par Scotin. 3 p.

2 **Balechou**. Les Baigneuses, d'ap. J. Vernet.

3 **Baudouin**. Chasse de Louis XIV au château de
Fontainebleau.

4 **Baudouin** (d'ap.). La Fille grondée, par Chof-
fard.
— L'Epouse indiscrète, par Delaunay. Marge.
— Le Danger du tête-à-tête, par Simonet.

5 **Bertaux** (Duplessis). La Bienfaisance ingé-
nieuse.

6 **Bertaux** (d'ap.) Les Charlatans français et Alle-
mands, par Helman. 2 ép. rognées.

7 **Berthet** (chez). Folie du jour, Vénus ou la Pré-
tendue Comète, petite pièce rare et curieuse pour
les costumes.

8 **Bolwert** (S. a.). La Chèvre Amalthée, d'ap. Jordaens.

9 **Boucher** (d'ap.). Pensent-ils à leurs moutons,
gravé par Mᵐᵉ Jourdan. Ep. avant la lettre.
— Vénus sur les eaux. Petite pièce in-4, par Vidal.
Rare.

10 **Breughel** (d'ap.). Le Moulin. Avant la lettre.

11 **Brill** (d'ap. Paul). Six des Mois de l'année.

12 **Brower** (d'ap.). Faiseuse de beignets. Buveur.
2 p.

13 **Callot**. Histoire des Médicis. 15 p.
— Passion, Fantaisie, Tentation de saint An-
toine, etc. 42 p., par et d'après.

14 **Challe** (d'ap.). La Conviction, par Marchand.

15 **Chaufourier**. Vue de la ville de Paris, côté de
l'île Notre-Dame. in-f⁰. — Du carefour Saint-Germain à l'hôtel de Conti. — Des Quatre-Nations jusqu'au Pont-Royal. 3 p.

16 **Cochin**. Pompes funèbres des reines de Sar-
daigne Polixène, 1735, — d'Elisabeth-Thérèse de
Lorraine, 1741. 2 p. grand in-fol. Marge.

17 **Corneille** (J.). Bethsabée au bain. R. D. 2, avant
l'adresse de Mariette. Rare. — Uri tombé de table.
R. D. 3. — 2 p.

18 **Cotelle**. Naissance de Cupidon.

19 **Coypel** (d'ap.). Hymne de Bacchus et d'Ariadne.
— Entrée de l'Amour, Don Quichotte, Alliance de
Bacchus et l'Amour. 4 p.

20 **Croisier** (Mlle). La Fécondité, d'ap. Rubens.

21 **David**, 1774. Le Marché aux herbes d'Amsterdam, d'ap. Metzu. Ep. avant la lettre.

22 **Delaunay**. L'Abus de la Crédulité, d'ap. Aubry.
1er état. Dédié à Mme la marquise d'Ambert. —
2e état, *AB, RD.*, pour armoirie. 2 p.
— Marche de Silène, d'ap. Rubens.

23 **Della Bella**. La Perspective du Pont-Neuf de
Paris.
— Festin au palais du grand-duc, à Florence.

24 **Demarteau**, d'ap Cochin. Allégorie sur la mort
du dauphin. Sanguine.

25 Ecole de Fontainebleau. Les Humains adorant la Richesse. — Les Vents terrassant les Vices, etc. 3 p.

26 Ferdinand, *ex*. Cérès, Flore, Saturne, d'ap. Primatice. 3 p. Cab. R. Duménil.
— Les Vertus innocentes, sujets d'enfants. 8 p.

27 Freudeberg (d'ap.). Le Petit Jour, par Delaunay. Colorié.
— La Complaisance maternelle. Belle ép., par Delaunay. Marge.

28 Fragonard (d'ap.). Le Petit Prédicateur. — Dites donc s'il vous plait. 2 p., par Delaunay. Toute marge.

29 Gaultier (Léonard). La Grande-Chartreuse, en 2 feuilles. Grande pièce curieuse et rare.

30 Goya. Æsopus en pied, d'ap. Velasquez. Marge.

31 Gribelin. Plafond de Withe-Hall, d'ap. Rubens. 3 p. Superbes ép. Rares.

32 Guilbaud (d'ap.). Titre blanc, surmonté des portraits de Louis XIV, le dauphin, duc de Bourgogne, Berry et Anjou. Allégorie, in-fol., chez Gantrel.

33 Huchtenburg. Marche de Louis XIV sur le Pont-Neuf, d'ap. Van der Meulen, en 3 feuilles jointes.

34 Huret. Armoiries du cardinal Mazarin. Très-belle ép. Marge.

35 Jeaurat. Déménagement d'un peintre, par Cl. Duflos. Très-belle ép. Marge.

36 Jode (P. de). Adoration des Bergers, d'ap. Jordaens. Belle ép.
— Visitation de la Vierge, d'ap. Rubens.

37 **Lauwers**. Philemon et Baucis, d'ap. Jordaens.
Très-belle ép.
— Le Triomphe de la Religion. Grande p. en 2
feuilles.

38 **Le Pautre**. Le Petit bon-homme. Pièce rare.

39 **Lépicié**. Perspective du château de Gros-Bois.
Grande p. d'ap. Rigaud.

40 **Lucas**. Iris inquiète, d'ap. Burg. Jolie p. toute
marge.

41 **Martinet**. Ils s'enchantent. — Ils se suffisent.
2. p. Scènes orientales.
— Saint Grégoire dictant les inspirations du Saint-
Esprit, d'ap. Vanloo.

42 **Miele** (d'ap. J.). Naissance et Assomption de la
Vierge. 2 p.

43 **Momper** (d'ap.). L'Eté, l'Hiver. 2 p. Belles ép.

44 **Moyreau**. Les Adieux d'Hector et d'Andro-
maque, d'ap. de Boulogne. Belle ép.

45 **Natoire** (d'ap.). Alliance de la Peinture et du
Dessin, par Pelletier.

46 **Parrocel** (d'ap.). Halte de gardes françaises, par
Le Bas.

47 **Petit**. Procession de la Ligue. d'ap. Breughel.

48 **Pfitzer**. L'Entrée d'Henri IV à Paris, d'ap. Gé-
rard.

49 **Picart** (B.). La Fortune des Actions, sur le système de Law. Ep. avec le vieux au pied de la
belle qui pleure.

50 **Poilly**. Louis XIV tenant le gouvernail de l'État,
d'ap. Mignard. Pièce supérieure d'une thèse.

51 **Rousselet**. Le Dauphin tenant le gouvernail.
Thèse en 2 feuilles.

52 — Diane, — Endymion, — Mercure. 3 p., d'ap.
Huret.

53 **Rubens** (d'ap.). Défaite de Maxence, — Judith
et Holopherne. 2 p.

54 **Rugendas**. Bacchus, d'ap. Herz.

55 **Sandrart**. Figures monstrueuses, d'ap. Léonard
de Vinci. 8 p.

56 **Schmidt** (G.-F.) Deux Fumeurs, d'ap. Ostade.
Très-belle ép.

57 **Simoneau** major. Allégorie sur le mariage du
duc de Bourgogne, d'ap. Le Clerc. Grande marge.

58 **Simonet**. La Privation sensible, d'ap. Greuze.
Superbe ép. Grande marge.

59 **Stephanus** (Etienne de Laulne). Planètes, Allégories, Genèse, Partie du monde, etc. 27 p.

60 **Sompel**. Ixion trompé par Junon, d'ap. Rubens.

61 **Strange**. La Mort de Didon, d'ap. Guerchin.
— Bélisaire, d'ap. Salvator. Très-belle ép.

62 **Testa**. Jeune femme évanouie au milieu d'enfants
dont un lui a dérobé son cœur. B. 27. Très-rare.
— La Peinture au milieu des plus habiles. B. 29.
Superbe.

63 **Vernet** (d'ap. J.). Vue d'Avignon avant et avec
la dédicace. 2 p., par Martini. Grand in-fol.
— Ports de Bordeaux, Marseille, Toulon neuf et
vieux. 5 p. grand in-fol.

64 **Vico** (Enée). Judith chargeant sa servante de la
tête d'Holopherne, d'ap. Michel-Ange.

65 **Vinkeles**. Fête de l'alliance entre les républi-
ques françaises et bataves. — Fête de la Liberté
sur la place de la Révolution, à Amsterdam, 1795.
2 p.

66 **Vischer**. Le Buveur et la femme, d'ap. Ostade.

67 **Vorsterman**. L'Archange saint Michel fou-
droyant les anges rebelles, d'ap. Rubens.

68 **Watteau** (d'ap.). L'Alliance de la Musique et de la Comédie, par Moyreau.
— Fêtes vénitiennes, par L. Cars. Belle ép.

69 **Westerhout**. Clément XI entouré de personnages allégoriques.

70 **Wierix**. Le Jugement dernier, d'ap. Michel-Ange.

71 **Zeeman** (Remy). Marine. Titre, Van Merlen.

72 **Divers**. Départ de Jacob, de Bourdon; Bacchus et Ariane, de Chéron; Vierge et Jésus, de Bettelini. 3 p.

PORTRAITS.

Classés par Graveurs.

73 **Bervic**. Louis XVI en manteau royal. Grand in-fol. Ep. avant la planche coupée.

74 **Carmona**. F. Boucher. Très-belle ép. in-fol. Marge.

75 **Daullé**. Carle Vanloo. In-4, d'ap. Cochin.

76 **Drevet**. H. Rigaud, d'ap. lui. In-fol.

77 **Duchange**. A. Coypel, en pied et son fils, d'ap. lui. Rare.

78 **Edelinck** (G.). Poisson en pied, d'ap. Netcher. François de Médicis, d'ap. Rubens. Marge. 2 p.

79 **Edelinck** (N.). Malebranche. In-4. D'ap. Santerre.

80 **Fristisch**. Pierre Ier de Russie, à mi-corps. Grand in-8.

81 **Gaucher**. Le président Henaut, d'ap. Cochin.

82 **Gaultier** (Léonard). Henri IV, couronné de lauriers. In-4. — Step. Pasquier, 1617. In-8.

83 **Goltzius**. Henri IV à quarante ans. In-8 ovale, 1592. Rare.

84 **Habert**. Ant. Arnaud, Delagrange, Claude de Sainte-Marthe, théologiens. 3 p. in-4.

85 **Houbraken**. W. Ch. Henri Friso, prince d'Orange, d'ap. Pothoven, avec l'adresse d'Hoffman. Marge.

86 **Langlois**. Mme Joly, Théâtre-Français. Ep. Chine.

87 **Lebeau**. Mlle Raucourt avec scène de Mithridate. Très-belle ép. in-8.

88 **Masson** (chez) Massillon. In-4. Rare.

89 **Nanteuil**. Edouard Molé. Cab. Rob. Dumenil.

90 **Pool**. Raphaël Sanzio. Grand in-4.

91 **Prevost**. Cochin, d'ap. lui-même. Petit médaillon. Marge.

92 **Robinson**. Rubens, d'ap. Van Dyck.

93 **Roger**. Napoléon Ier. In-8, d'ap. Muneret.

94 **Roullet**. Ed. Colbert, d'ap. le marbre de Girardon.

95 **Schmidt**. Le prince de Gueldre menaçant son père, d'ap. Rembrandt. Belle ép.

96 **Tardieu**. Bon de Boulogne, peintre, d'ap. Allou.

97 **Vermeulen**. Jeanne Seymour, troisième femme d'Henri VIII, d'après Van der Werff.

98 **Vestier**. Henri Masers de Latude. In-4. Très-rare.

99 **Vischer**. Johannes primus. In-fol.

100 **Vorsterman**. Maximilien d'Autriche. In-4.

101 **Wille**. Largillière. In-8. Belle ép. avec l'adresse.

102 **Acteurs**. Brizard, par *Avril*; Désesart, Dozainville en pied par Darcis; Mme Dugazon par Coutellier en couleur; Préville par Michel, et un dessin crayon noir. 6 p.

103 **Divers**. Bruté, Chauvelin, Christine de France, Marivaux, Mazaniello. 5 portraits.

PORTRAITS

De Louis XVI, Marie-Antoinette,
Personnages et Faits historiques, Caricatures
et Satires du temps.

104 **Louis**, dauphin, père de Louis XVI. Allégorie par *Littret*, d'ap. Schenau. Grand in-4.

105 **Louis XVI**, comme dauphin, profil. Petit portrait, par *J. Barbié*. Rare.

106 — Roy des Français, gravé en couleur, par *A. Clément*, d'ap. Boze. In-8. Rare.

107 — Restaurateur de la liberté, en pied, colorié. Chez Chereau.

108 — Roi d'un peuple libre, au fond la Bastille. Colorié.

109 — Coiffé du bonnet rouge avec cocarde tricolore. Très-petit médaillon imprimé en couleur. Très-rare.

110 — Son Testament, surmonté de son Portrait.

111 — Le fils de Louis XVI mené devant la guillotine. Composition allemande, par Joubart.

112 — Et son fils, en pied, colorié. Il jette à ses pieds ce qu'il tenait dans ses mains. Rare.

113 — Explicant à son fils les Droits de l'Homme. Petite p.

114 — Au milieu de son conseil : Qui a brissoté ma tabatière ? dit le roi. Rare.

115 — Dans une cage. Que faites-vous? Je sanctionne. Coloriée.

116 **Marie-Antoinette** avec la scène de ses adieux à sa famille au bas. In-4.

117 **Louis-Charles de France, dauphin**, avec des ailes, monté sur un dauphin, avec portrait du roi et de la reine sur son bouclier, et Mme Elisabeth sur son drapeau. Petite pièce ronde en couleur. Rare.

118 — En chevalier, à mi-corps. *Tu Marcellus eris* sur la lame de son épée, les portraits sur son bouclier. Bistre, in-8.

— Louis XVII, roi de France et de Navarre, par Schiavonetti. In-8.

119 **Louis**, comte de Provence. Au premier citoyen par le cœur, d'ap. Bertaux. In-4.

Charles-Philippe de France, frère du roi. In-8, Schiavonetti.

Louis-Antoine, duc d'Angoulême. In-8, Schiavonetti.

120 **Artois** (la comtesse d'). Les Vœux accomplis, par Simonet, d'ap. Moreau le jeune. In-fol.

121 **Bailly**, maire de Paris, par *Miger*, d'ap. Boizot, avec extrait des discours au roi, 1789. In-4.

122 **Charles-Louis**, archiduc d'Autriche, par *Levachez* fils, en couleur. Superbe ép. in-8. Toute marge.

123 **Charlotte Corday**, par *Massol*, d'ap. Queverdo, en couleur, avec scène de l'assassinat au bas. In-8.

124 **Lafayette**, avec 4 vers, *dans ces traits, révérés d'un public animal*, etc. Extrêmement rare. In-8.

125 — avec Bailly en regard. In-8 en travers.

— In-8, par Fritzch, à Hambourg, 1794. Rare.

— par Lefèvre. In-8. Joli et rare.

126 — soutenu sur les bâtons des maréchaux Lukner et Rochambeau; il prend la lune avec les dents. Belle p. en bistre in-4. Publié à *Fayence*.

127 — Journée du 17 juillet 1791. Songez qu'il faudra du courage pour tuer ces gens-là. Eau-forte pure et terminée 2 p. in-8.

128 — Épouvantail de la nation. Jolie p. in-4.

129 — Le Sans-Tort — Mes amis, menez-moi, je vous prie, coucher à Versailles. 2 p. in-8. Médaillons ronds, rares.

130 — Aide à la nation à terrasser le despotisme et les abus. Pièce coloriée.

131 **Lameth**, député d'Artois, par *Vérité*. En couleur. In-8.

Latour d'Auvergne. In-8, par Gaucher, avec son épitaphe.

132 **Lepeletier Saint-Fargeau**. Profil, dessin à la sanguine de *Trinquesse*. Rond.

133 — en regard de Marat, dans un petit médaillon rond. Rare.

134 — Exposition de son corps sur le piédestal de la place des Piques. Très-rare.

135 **Leroy** (Louis), dit Dix-Août. In-8. Bonneville.

136 **Marie-Louise**, par *Gudin*. — De profil, par *Ribaut*, d'ap. Bosio. 2 portraits in-fol.

137 **Mirabeau** en buste. In-fol. par *Audouin*.

138 — Son apothéose. Allégorie en bistre, par *Hoin*. Petit in fol. Rare.

139 **Necker**. Médaillon rayonnant au-dessus du monde. In-8, par *Saint-Aubin*. — Assis en pied, écrivant sous les conseils de la sagesse. In-fol. 2 p.

140 **Petion**, in-8. *En deux mots, voici mon histoire, etc.* Quatre vers. Rare.

— La Noblesse veut arrêter Pethion monté sur la Constitution. Jolie pièce, toute marge. **Rare**.

141 **Pitt** (William). In-4, par *Bartolozzi*. Très-beau.

142 **Ramponeau** (Mme). Au bas de la vue de son cabaret. Pièce rare et curieuse du temps.

143 **Robertspierre**. Petit portrait, très-rare.

144 — Son duel avec l'empereur Feuillant. Belle pièce rare.

145 **Sieyès**. Profil in-8, par *Rugendas*.

146 **Staël** (Mme de). In-8, par *Muller*.

147 **Target**, d'ap. Boze, par *Henriquez*, avant toute
lettre.

— Dans la main de Target, que la balance de
Thémis est juste. **En pied. Colorié.**

— Chute prochaine de la fille à Target. Belle pièce
en bistre. **Rare.**

148 Choix de 30 sujets des tableaux de la révolution,
par Berthault, d'ap. Prieur.

149 Le Serment du Jeu de paume, d'ap. David. Grand
in-fol. au trait, avec l'explication des personnages.

150 Curé du Poitou se réunissant au tiers-état. Imprimé en couleur. — Autre, coloriée. **2 p.**

151 — Le Serment de réconciliation des trois ordres.
Très-rare.

152 Tronc national des dames françaises. Colorié.
Rare.

153 Conseil tenu par les puissances à cause du corps
d'Etat français malade. In-fol., rare.

154 Suppression des bénéfices, pompe funèbre de
très-haut, etc. Belle pièce en bistre, très-rare.

155 Suppression du Parlement, 1789. Caricatures
18 p.

156 Un monstre à trois têtes, désignant les trois Etats,
dévore le cadavre qu'il a englouti. — Le Génie de
la France foudroye les aristocrates. — **2 p. rares.**

157 Allégorie sur la révolution 1789, d'après le dessin
de Monsiau. Très-grande pièce, où se trouve
Louis XVI, etc. Très-rare.

158 Feu d'artifice sous Louis XVI. Très-grande aquarelle.

159 Massacre de la garde nationale de Montauban.

160 Le Patriotisme surmonte tous les obstacles à propos de la Fédération. — Vue perspective du Champ-de-Mars. En couleur, par Chapuy. — Confédération ; médaillon. Chez Levacher. — En éventail. 4 p. rares.

161 Duel de Lameth et Castries, Massacre de la Chapelle et autres scènes. 10 p.

162 Désarmement des chevaliers du poignard. Coloriée. Très-rare.

163 Système astronomique de la Révolution française.

164 La Bascule patriotique. Jolie pièce en bistre.

165 Louis XVI : Je soutiendrai, je détruirai la Constitution. — Point de Constitution. — A cheval sur la Constitution. — Digestion de la Constitution. 4 p. rares.

166 Le Jeu de l'Emigré : le comte d'Artois jouant aux quilles. Très-belle pièce rare.

167 La contre Révolution. Grande p. à l'eau-forte.

168 Les braves brigands d'Avignon : Rabaut, Bouche, Camus. Belle pièce rare.

169 Masssacre d'Avignon, 16 octobre 1791. Très-rare.

170 Portraits des Impartiaux, des Modérés, J'y vais aux Jacobins, Je viens des Feuillants, On m'attend aux Feuillants, Je viens des Jacobins ; tout va bien. 5 p. rares.

171 — L'Abbé Sang Suré. 2 p. contre l'abbé Maury. Coloriées.

172 Dernier effort des Jacobins, l'âne Petion lançant une ruade à la statue de Louis XVI.

173 Les Coups de Rabot. En noir.

174 Char pour la translation des mânes de Voltaire au Panthéon.

175 Ci-devant duc d'Aiguillon, Passe salope. Petite pièce très-rare.

176 Règne de Robespierre, Nous mangerons le monde, et les rois se tairont. Très-rare.

177 Mort du général Dampierre. — Moulins. — Fabre, de l'Hérault. — Action courageuse de Mandement. — 4 p.

178 Le Triomphe de la Montagne. Belle pièce en bistre, très-rare.

179 Bulletin de la Convention nationale. 19 décembre 1792. — Monument élevé aux Broteaux aux victimes du siége de Lyon. — Pacification de la Vendée. — 3 p.

180 Enjambée impériale : Catherine, un pied sur la Russie, l'autre sur le croissant. Coloriée.

181 Cartes de la République française en 87 et 88 départements. 2 p.

182 Fin tragique de la République française : à droite, Voltaire dit : Quand finiront vos sottises; un corbeau, perché sur la ruine, répond : Cras, cras, cras. Très-rare.

183 Grand convoi funèbre de leurs majestés les Jacobins. Belle pièce en couleur, rare.

184 Tableau des patriotes assasinés au camp de Grenellé, le 23 fructidor an IV. Manuscrit. — Portrait d'un Jacobin ; dessin au crayon. — 2 p.

185 Le Traité de paix avec Rome : un coq et un chat. *Baisez ça, papa, et faites patte de velours.* Superbe pièce très-bien gravée. In-fol., toute marge, très-rare.

186 Présentation des haquenées au saint Père. Grande pièce à l'eau-forte.

187 Caricatures sur Pitt. 5 pièces coloriées.

188 Le Marchand d'habits, Pêcheur des filets de Saint-Cloud. 2 p. sur les députés après le 18 brumaire.

189 L'Héroïne de Berlin haranguant ses troupes. Colorié.

190 Le Champ de Mai, par Girardet, avant la lettre. Alix, Dubois, Jazet, etc. 6 p. in-fol.

191 Triomphe du général Bonaparte, gravé par *Roger*, d'après Prud'hon. Très-belle épreuve.

192 Poignée du glaive de François Ier, faite par Seraphino Bresciano, prédécesseur de Benvenuto Cellini ; a appartenu à Charles-Quint et à Napoléon Ier, qui la légua à son frère Jérôme. 2 aquarelles pour voir les deux faces.

193 Tableau des victoires de l'armée française entourant le portrait de Napoléon, par Vallon.

194 Serment pour la défense de la redoute de Montesimo. Eau-forte, par Wicart.

195 Plans de la chambre des Députés, 1820 à 1824. 5 p.

196 Caricatures sur la Révolution : les Alliés, les Anglais, les Écossais. 46 p., plusieurs très-rares.

197 Sujets sur la naissance du roi de Rome, dessin à l'encre ; son berceau, d'après Prud'hon ; allégories, etc. 9 p.

— Allégorie sur le maintien des lois constitutionnelles du Brabant par François II, par Cardon, 1794.

— Brevets de la Girouette et des Ténèbres. 2 p.

— Caricatures sur la chambre des Députés. Aquarelle très-curieuse.

— Entrée des Français à Venise. — Proclamation de la République romaine. — 2 p. par Duplessis-Bertaux.

— Le Jeu de la Constitution (forme de jeu d'oie).

198 Expulsion des Jésuites. — Leur arrivée à Rome. — 2 pièces anonymes.

199 François de Paris en prières, — Convulsionnaires
guéris sur son tombeau, — Ordonnances du roi :
1732-1733. — 7 p.

200 **Almanach 1686.** Triomphe sur Calvin et sur
Mahomet. Très-grande pièce.

201 Le Grand Chiffonnier-critique du Salon 1806. Fide-
lis, d'ap. Verus. Belle pièce satirique.

202 Titre de la carte générale de la monarchie, où se
trouvent les portraits d'Henri IV, Louis XIV,
Louis XV.

203 **Autographes**, avec entêtes de lettres gravés.
Beauharnais (F. de). — Carnot, 3 différentes. —
Dallemagne. — Guieu. — Tirlemont (arrondisse-
ment de). 7 lettres.

LIVRES A FIGURES

Recueils, Livres sur les Arts, etc., etc.

204 Admiranda Romanorum Antiquitatum, etc. 83
planches, de *P. S. Bartoli.* Volume oblong, v.

205 Faits mémorables des empereurs de la Chine, par
Helman, avec le portrait de Madame, 1788. In-4, v.

206 Cérémonies et fêtes du sacre et couronnement de
Napoléon Ier. — 7 pièces in-fol. gravées par *Le-
cœur,* et texte, d.-rel.

207 Histoire sacrée, figures de *Leclerc.* Incomplet.

208 Histoire sacrée. — Figures du Vieux et du Nou-
veau-Testament, d'ap. Lairesse. Amsterdam, chez
Visscher. 1 vol. in-fol., veau.

209 Litanies de Jésus, de la Vierge et des saints. — Les
sept Psaumes de la pénitence, 85 sujets imprimés
au verso et recto de 43 feuillets par J. Collin. Superbe ép., reliure mosaïque, très-riche.

210 Piscium vivæ icones. Poissons et oiseaux gravés
par Ad. Collaert. 59 p., oblong, carton.

211 Architecture de Vitruve, par J.-B. Caporali. Vol.
planches en bois dans le texte italien. 1533-1536.
Broché en parchemin.

212 Les cinq Ordres d'archi ecture de Vignole, par
M.-B. 1776, avec grand nombre de planches.
Broché.

213 De la distribution et décoration des maisons de
Plaisance, par J.-F. Blondel, tome II, vol. grand
in-4, 1738.—110 pl. de jardins, serrureries, déco-
rations intérieures, trumeaux, détails divers. Veau.

214 Du grand art d'artillerie et feux pyrotechniques,
vol. petit in-fol, avec figures. Francfort-sur-le-
Mein, 1676 (G. Simienowicz).

215 Statues et groupes antiques, d'ap. Perrier. Vienne,
1797. Vol. carton, 60 pl. et texte allemand.

216 L'Histoire naturelle éclaircie dans la lithologie et
la conchyliologie, ou Traité des pierres et coquil-
lages. Volume petit in-fol., fig. Paris, Debure, 1742

217 Petri Costalii pegma. Fig. en bois. Lion, chez
M. Bonhomme, 1555. (Emblèmes avec narrations
philosophiques).

218 Œuvres de Florian. Fig. de Queverdo. Paris, Didot,
1787.

219 Bok et Zulba, histoire allégorique. 2 vol. en un,
avec fig. par Aveline.

220 Le Décaméron français, par M. D'Ussieux, 1772,
orné de 12 vignettes et fleurons, d'ap. Carême.
1 vol. in-8, veau.

221 Les quatre Parties du jour, poëme traduit de l'allemand, par M. Zacharie, orné de 5 vignettes et
1 entêtes de pages, d'ap. Ch. Eisen. 1 vol. grand
in-8, 1769. Broché.

222 Théâtre du Monde, par M. Richer. 4 vol. in-8 ornés de 20 vignettes, d'ap. Moreau et Marillier.

223 Le Temple de Gnide, suivi d'Arsace et Isménie, par Montesquieu ; orné de 6 vignettes in-4 gravées en couleur par Lavallée. Paris, Didot, 1796. Broché.

224 Héro et Léandre, en trois chants, orné d'un frontispice et 8 sujets gravés en couleur, par Debucourt. Paris, Didot, an IX-1801, d.-rel.

225 OEuvres de Salomon Gessner. 3 vol. in-fol., avec grand nombre de vignettes et fleurons, d'ap. Lebarbier et texte, carton. Bel exemplaire non rogné.

226 Idylles et poëmes champêtres de Gessner, traduits par Huber, avec figure et fleurons. Lyon, 1762.

227 Éloges des Evesques et Archevesques de Paris. 6 portraits in-4 gravés par Duflos, etc. Paris, 1698.

228 Portraits des souverains de l'Europe, par Mme Meyer. 2 vol. in-4 et texte, d.-rel. (100 portraits).

229 Maison de Bourbon depuis Henri IV jusqu'à nos jours, 1829. Paris, Didot, 32 portraits in-8, d.-rel.

230 Recueil de caricatures : Mayeux, Médailles et contrastes de Pigale, Portes et fenêtres, Tentations du Diable de Philippon, etc. 106 p. coloriées, d.-rel.

231 De la manière de graver à l'eau-forte, par *A. Bosse*. Nouvelle édition, 1745, enrichie de 19 pl. in-8, v.

232 Dictionnaire des artistes, par *Ch. Gabet*, peintre, 1 vol. d.-rel.

233 Abrégé de la vie des peintres, par de Piles? 1 vol. in-8. Paris, Muguet, 1699.

234 Cours de peintures, par de Piles. 1 vol. in-8. Paris, Estienne, 1708.

235 Guide des amateurs de peinture, école italienne,
par *Gault de Saint-Germain*. 1835. Vol. in-8.
d.-rel.

236 Guide des amateurs de tableaux, par *Gault de Saint-Germain*. 2 vol. d.-rel.; 1818.

237 Gazette des Beaux-Arts, du n° 1 à 24. Livraisons
(année complète).

DESSINS.

238 ANONYME. Charlatan : Cassez-vous les bras et les
jambes; moi, avec mon remède, je m'en f... Aquarelle.

239 — Discution de savants, au bas, sur un livre :
Charles Maratte, la récompense des sciences. Au
bistre.

240 ANONYME. L'Ange et Tobie; crayons noir et
blanc.

241 BARBIERS. Beau paysage à l'encre de Chine.

242 — La Correction paternelle pour réveiller les
enfants paresseux. Très-belle gouache.

243 BEGA. Laveuse de vaisselle, sanguine.

244 MULLER (Ch.). Sujets religieux; aquarelles. 3 p.

245 SCHOUMAN. Marine calme, avec canot et vaisseau à voiles. Belle aquarelle.

246 **École italienne.** Carrache, Gandolphi, Lanfranc. Mazuola, Nazini, Romanelli. 6 dessins à
l'encre, bistre et sanguine.

RENOU et MAULDE, imprimeurs de la Compagnie des Commissaires-
Priseurs, rue de Rivoli, 144.   2127

www.ingramcontent.com/pod-product-compliance
Lightning Source LLC
LaVergne TN
LVHW011003180726
843502LV00007B/2305